gernot ragger

der wanderzirkus

der wolf verlag

für

andrea cyrill doris a. doris r. gian
hans-joachim leander luise luzia
martina rochus walter yves

für

omar ahmed brahim hassan houssein
mohamed I mohamed II

wie konfetti punktklein und **bunt** macht sich die gruppe der wanderer der spurenleser der dünenkünstler und sandburgenarchitekten auf dem kleinen plateau aus
im westen verziehen sich wolken vom wind getrieben der noch nicht lange her dieses plateau kahlgefegt hat im windschatten der am boden hockenden kamele hat sich der müll angesammelt schutz gesucht vor dem wind sich an die harten angespannten körper geduckt und abgewartet bis der wind vom plateau abgelassen hat
jetzt wo sich die kamele wie in zeitlupe erheben reicht ein kleiner luftstoß

die kleinen papierfetzen und reste von verpackung
wehen die flanke hinab in die richtung in die es auch
die konfetti treiben wird
die kamele sind bereit
in ihre körbe mit denen sie behangen sind werden ab-
wechselnd die scheinbar notwendigen utensilien der
gruppe verstaut
die gelassenheit und anteilslosigkeit der kamele sollte
wie ein zeichen wahrgenommen werden
auf diesem plateau hat die zeit aufgehört ein maßstab
zu sein
keine uhren ticken kein wecker strahlt seine zahlen
hell ins dunkel und wenn der blick doch auf die

armbanduhr fällt dann aus gewohnheit die nachricht
der zeiger wird nicht mehr wahrgenommen
wie buntes im wind tanzendes konfetti bewegen sich
die mitglieder der gruppe auf dem plateau vergewis-
sern sich über die vollständigkeit ihres gepäcks und
zertreten mit ihren wanderschuhen das bisschen ner-
vosität das inzwischen aufgekommen ist

die farben der rucksäcke leuchten noch die hosen und
hemden die leibchen und schuhe wirken wie fremd-
körper in der dämmerung
das braun des bodens passt sich dem verblassen der
sträucher an wo gerade noch die sonne ein wenig die

wolken des sandsturms durchleuchtet hat liegt jetzt
nur noch matter orangebrauner schein
die gruppe setzt ihre ersten schritte und verlässt das
plateau in eine richtung die von den kamelen die die
spitze übernommen haben vorgegeben wird
im einfallenden dunkel verlieren die bunten dahin-
schreitenden punkte ihr leuchten bald wird das leuch-
ten auch am hellen tag verblasst sein
man wird teil auch in der farbe
man wird angepasst
und wenn man erkennt dass nicht nur die zeit auf dem
plateau aufgehört eine rolle zu spielen sind alle hilfs-
mittel bereits weggeräumt

was jetzt noch leuchtet wird in wenigen tagen verblasst sein was jetzt noch frisch und sauber im rucksack geschlichtet liegt hat schon bald seine form aufgegeben mit dem ersten erwachen verschwindet auch die farbe auf den gesichtern
künstliche anstriche und geschminkte stimmungen fallen ab die haare legen sich nach dem wind und die eitelkeit wird mit dem zelt verpackt und verstaut

die gruppe hat sich gefunden ohne sich zu suchen
sie wurde engagiert hat sich gemeldet für diese tournee individuen einzelkönner jeder in seinem fach eine koryphäe

gemeinsam soll dieses programm in der sandmanege
aufgeführt werden ein programm über dessen ablauf
sich der wanderzirkusdirektor noch bedeckt hält
eines ist klar
sie alle suchen es
es muss etwas wertvolles sein dieses es warum sonst
sollte man sich stundenlang in einen stickigen wagen
setzen um danach in noch viel endloseren stunden ein
ziel anzusteuern dass zu jenem zeitpunkt irgendwo
sein konnte der horizont es aber noch nicht preisgab
sehr wertvoll muss es sein warum sonst sollte man
liebgewonnenes und gewohntes bewusst auf die seite
schieben um platz zu schaffen für diese suche

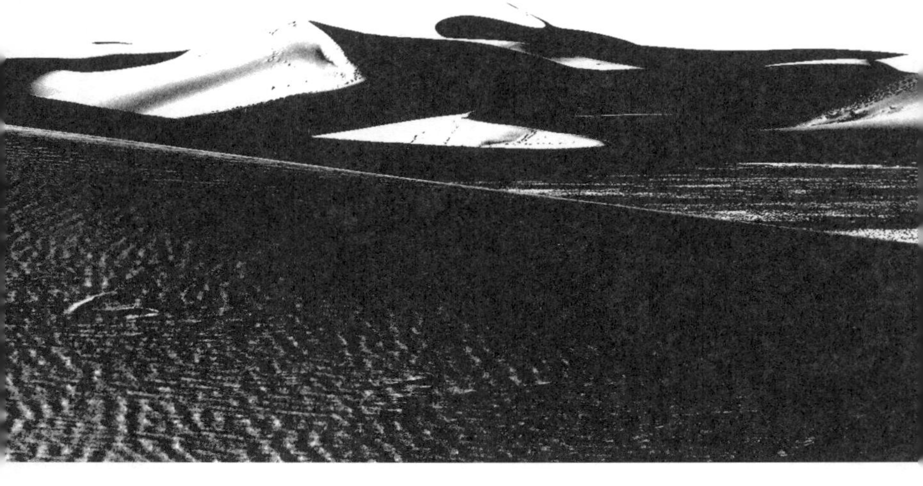

für den hinter den dünen stehenden ziehen bunte wägen eines wanderzirkuses über den kamm und dahinter in die senke um dann deutlich kleiner den nächsten grat hochzusteigen erneut dem blick zu entkommen unscharf geworden und an farblichkeit eingebüßt

der beobachter lässt seinen blick wandern während der wanderer seinem blick zu entgehen versucht

des wanderers blick ist ein verlorener da er keine aufgabe mehr zu erfüllen hat da er auf sich allein gestellt ist eigentlich ein eigenleben ausleben könnte wenn nicht die gewohnheit und der noch leicht vorhandende alltag ihn daran hindern würden

eigentlich könnte der blick einen salto schlagen wie es
zu einem mitglied des wanderzirkuses passen würde
eigentlich könnte er im spagat eine düne hinabgleiten
um dann auf die ankunft des körpers zu warten
eigentlich könnte der blick das suchen was auch der
körper sucht aber noch nicht finden kann da er geht
die füße die beine der rumpf die rudernden arme und
ein schwer darauf lastender kopf gehen

der blick hat sich losgelöst und sitzt sich seiner freiheit
noch nicht sicher auf der schulter um dann doch ein
leichtes zucken derselben auszunutzen um davonzu-
schweben

der blick erhebt sich und steigt höher um hinter die dünen zu sehen wo die anderen artisten wandern oder die anderen wanderer ihre kunststücke proben und in der abgeschiedenheit aufführen
beim hochsteigen streift der blick den blick des vor den dünen stehenden und straft ihn mit sprachloser abwesenheit
wer vor der düne stehen bleibt wird nicht erfahren was sich hinter der düne befindet

selber schuld liest es sich im augenwinkel des blicks als er abtaucht und sich mit den blicken der anderen zu einer gemeinschaft verbündet

keine möglichkeit sich vorzubereiten kein anhalts-
punkt für einen halt kein zeichen für ein zeichen
mit dem öffnen der augen bist du teil des raums und
nimmst fast keinen ein

gewohnt an grenzen zu stoßen darin geübt rechtzeitig
die richtung zu ändern gerade noch einen umweg in
kauf nehmen um nicht anzurennen gegen eine wand
die unverrückbar ist weil gemauert betoniert veran-
kert für die ewigkeit hingestellt an jenen ort den du er-
reichen wolltest
ein hindernis das dich zurechtweist zurückweist aus-
schließt und verdrängt

die grenzen die du gewohnt bist bauen sich an allen seiten auf nicht nur vor dir auch hinter dir neben über dir unter dir rundum grenzen und mauern blickdichte wände
wenn du die augen öffnest starrst du auf eine dieser grenzen die dich weiterleitet an die nächste bis du zurückkehrst zu dir und die augen wieder schließen willst aber nicht darfst

an manchen tagen rücken diese grenzen näher an dich heran bedrohen dich und engen deinen **raum** ein bis nur noch platz für dich alleine ist nur platz für dich für keine alternative nur für die isolation

an manchen tagen rücken diese grenzen zurück ergeben sich scheinbar deinen forderungen nach mehr raum und mehr möglichkeiten die wege zu gehen auch über jene plätze zu streifen die sonst mauerwerk sind doch nie rücken die grenzen soweit zurück dass man sie nicht doch noch sehen könnte
zwar nur ein wenig noch zart angehaucht am ende des blickfelds wo etwas besonders groß sein muss um von deinem standort aus noch wahrnehmbar zu sein
und wenn es sich noch so harmlos unbedeutend vom horizont abhebt steht die grenze beim nächsten augenöffnen wieder vor dir mit einem grinsen der macht um sich an deiner ohnmacht zu stärken

wenn du hier die augen öffnest stellt sich dir nur raum
in den weg grenzenloser raum mit konturen formen
und flächen mit hügeln und weiten hängen mit becken
und leichten flanken mit ausgetrockeneten seen und
flüssigem sand
das öffnen der augen wirft dich in einen raum der dich
immer zum mittelpunkt macht der sich mit dir bewegt
die richtung ändert der mit dir und deinem schritt
schwingt und an dir vorbeizieht dich umrundet sich
ständig ändert und doch immer derselbe raum bleibt
ein raum der vielen platz bietet weil er jedem vorspielt
der mittelpunkt zu sein weil er so groß und weit ist
dass sich kaum wege kreuzen können und wenn dann

sind diese kreuzungen treffpunkte keine abkehrpunkt
du gehst durch einen raum der dich sichert und
schützt und doch auch die botschaft überbringt trotz
aller weite nur kleine schritte machen zu können
nicht fassbar ist der raum nicht begreifbar obwohl alles
ertastbar ist
nicht vorstellbar obwohl du dich darin befindest aber
dich nicht darinnen siehst sondern den raum um dich
weil sich dein blickpunkt und der des raumes nicht im
wege stehen

wenn stunden später ein anderes licht den raum füllt
erscheint dir bekanntes wie eine erneuerung und

bewährtes will wieder erprobt und erforscht werden
eine selbstverständlichkeit zieht sich zurück zu einer
möglichkeit die man nützen kann aber nicht muss

du liebst diesen raum und freust dich darauf deine ei-
genen grenzen zu ziehen
grenzen die nicht einschränken sondern der orientie-
rund dienen die es dir erlauben langsam den raum er-
fassen zu können ihn zu durchmessen und wie einen
vagen plan in dir abzuspeichern
du liebst diesen raum weil du aus ihm saugen kannst
und er sich nicht verkleinert sondern höchstens seine
farbe und seinen geschmack ändert

wenn du noch im dunkel deine augen öffnest bist du allein öffnen die anderen artisten dieses zirkuses ihre augen in jeweils andere richtungen in ihre persönlichen räume
der wanderzirkus trifft sich erst später wenn das licht die vorstellung erblassen lässt und mit realen bildern den raum ausleuchtet
aber sie treffen sich alle an einer kreuzung mit einem verschwörerischen blick um nicht aussprechen zu müssen dass sie etwas erfahren haben was sie für sich behalten wollen weil es allein ihres ist
der raum bringt alle zusammen und lässt sie wieder auseinandergehen um doch alle im auge zu behalten

du bist im raum und bleibst es bis die dunkelheit es
überflüssig macht die augen zu schließen

es ist alles anders auch das **gehen**
wenn du gehst gehst du nicht um wohin zu gelangen
natürlich gehst du auf ein ziel zu hast eines vor augen
weißt ungefähr wo es liegt und wie weit es entfernt ist
aber du gehst nicht aus diesem grund
sobald du dich in gang setzt den ersten schritt aus dem
stand machst das erste mal dein gewicht in die bewe-
gung wirfst beginnst du einen ablauf von schritten die
sich immer mehr von dich lösen und allein die aufgabe
übernehmen die distanz zu überwinden

alles oberhalb deiner füße erfährt eine leichtigkeit und
du gleichst mit deinem oberkörper den kamelen die
neben dir ihre spuren in den sand setzen
du schaukelst und pendelst schwingst und schwankst
du drehst und wendest dich du bleibst in der spur und
tastet den raum um dich ab während deine beine deine
füße den takt vorgeben
es macht sich ein gleichschritt breit unbewusst und
wahrscheinlich eine spielerei dieses raums
ohne musikbegleitung nähern sich alle einem neutra-
len tempo orientieren sich manchmal am schatten der
kamele die wie ein metronom den takt schlagen

bleibst du stehen oder kommst du aus dem takt setzt du ein pausezeichen lässt die musik weiterwandern das zirkusorchester spielt und wiederholt ihr stück damit du bei der ausstiegsstelle wieder einsteigen kannst in die vorführung
das ensemble muss vollzählig bleiben

der eine geht mit dem blick starr vor seinen schritt gerichtet als wolle er den weg scannen bevor er ihn geht der andere dreht seinen kopf wie die kuppel eines leuchtturms und streift mit seinem blick über den horizont verliert keinen augenblick für den boden vor und unter seinen füßen

die eine die über den gepressten sand zu schweben
scheint mit ihren schritten kein sandkorn aufwirbelt
fast ohne berührung auskommt und eine leichtigkeit
zwischen die dünen setzt die angst macht sie könnte
davongeweht werden

die andere die auf ihre kraft setzt und tief ihre schuhe
in den sand drückt die mit jedem schritt ihren stand
in der wüste festigt

eine andere mit ihren wanderstöcken die sie nach der
rast aus der kleinen düne zieht und zum laufen bringt
mit den stöcken stelzen gleich stakt sie ihren weg ab

ihre schritte wirken durch diese künstliche verdoppelung der beine ausgreifender weiter fast nicht mehr messbar und doch ist auch ihr weg gleich lang

und dann noch eine andere die fast unsichtbar ihre schritte setzt die sich als bescheidenheit verkleidet durch die flirrende luft schwindelt die nicht gesehen wird wenn man sie sucht die an der spitze der gruppe geht wenn man sich umdreht um den letzten der wanderer zu suchen die am schluss der gruppe wandert wenn man sie im gespräch mit dem schrittmacher vermutet dann der eine der seine schritte wie ausgemessen auf eine penibel ausgerichtete strecke setzt der einer linie folgt die sich nur ihm zeigt der unbeirrbar den direkten weg sucht keinen umweg als alternative zulässt sein ziel anvisiert und dieses nicht aus den augen verliert

daneben der andere der sich an den schwung der dünen lehnt der seine schritte dem schwung anpasst den die dünen erst sparsam dann üppig und schließlich ineinandergreifend auf den boden zeichnen
der der sich treiben lässt wie eine flipperkugel von der kleinen erhebung am rand der düne zurückgeworfen wird und die gegenüberliegende düne ansteuert

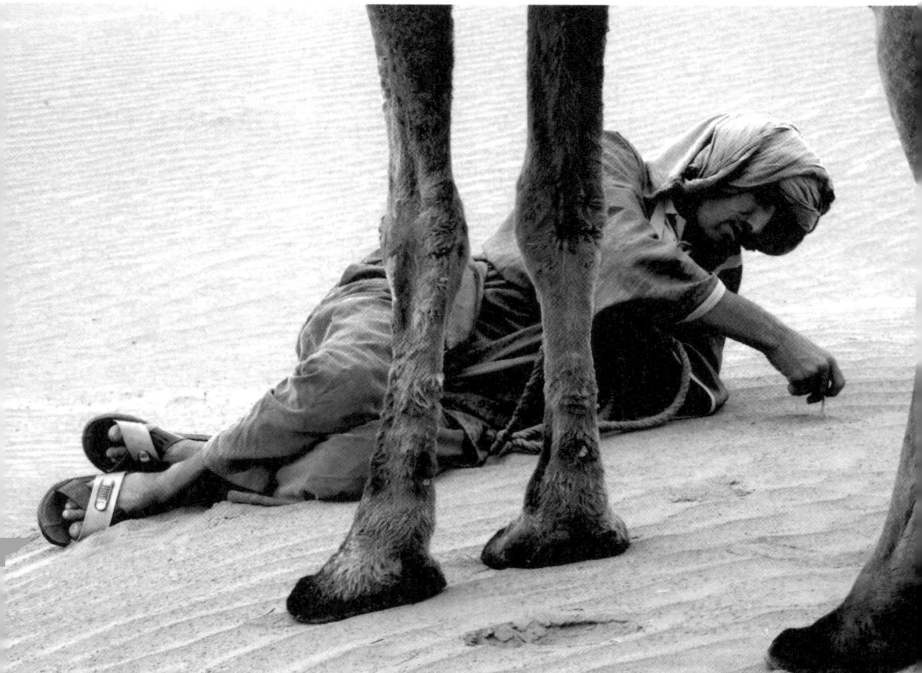

der seinen gang beschleunigt um langsam zu werden bevor er auf das hindernis trifft der dann wieder abfedert und sich planlos nach vorne schleudern lässt bis ihn der letzte flipper schließlich ins camp fallen lassen wird

da ist wieder sie die fast unsichtbar alle wege kreuzt und dabei kaum wahrgenommen wird die wie von geisterhand ihre mitwanderer umschifft und sich schließlich auflöst aus dem sehen der anderen aber später wenn sich die gruppe wieder zu einer rast zusammenstaut sich ausrichtet um ein rund um die manege mit dem zirkusdirektor in der mitte ist sie da und füllt die letzte lücke im kreis

sie proben so getrennt ihre rollen ziehen ihre rucksä-
cke wie die zirkuswägen hinter sich her
du willst die sandkörner zählen und bist dir sicher es
zu schaffen
du weißt dass dir keiner widersprechen kann und wird
wie immer wenn du etwas unmögliches in den raum
gestellt und dann behauptet hast es getan zu haben
oder es zu können warst du dir sicher dass es keinen
zweifel geben wird und einen widerspruch weil auch
niemand sonst es hätte tun können was du nur be-
hauptet hast
behauptungen sind nur dann gefährlich wenn man sie
überprüfen kann

am anfang ist alles lang und weit
ist alles hart und abweisend ist alles fremd und feind-
lich ist alles neu und angstmachend
du gehst los aus einer welt die dich nie wirklich aus der
hand gibt die dich nie ganz los lässt die immer eine
hand in der hinterhand hat um sie dir zu geben wenn
du sie brauchen solltest

mit diesem bewusstsein gehst du los
mit dieser sicherheit der hand im rücken
und mit jedem schritt versuchst du dieser sicherheit
zu entkommen weil sonst alles so bleiben würde wie
du es kennst weil sich nichts **ändern** würde weil

nichts passieren könnte was dich überraschen würde
und fordern
noch ist alles um dich mit bekanntem durchsetzt noch
kannst du dich absichern festhalten anhängen
wenn du aus dem anfang hinausgewandert bist und
dich zur mitte hin aufmachst wo der anfang weit hin-
ter dir liegt und das ende noch nicht absehbar ist dann
wanderst du in diesen raum

der raum der nur raum ist sonst nichts
nur raum und nirgendwo eine türe die du öffnen könn-
test hinter der sich ein schatten anbietet oder ein küh-
les getränk

keine tür die sich öffnet um dich in einen gastgarten
eintreten zu lassen wo man dich bedient und dir die
anstrengung wegmanipuliert

keine tür hinter der sich ein park offenbart und aus-
breitet mit einer parkbank die dich zum niederlassen
einlädt nein verleitet nein da ist nichts außer raum
der raum nimmt dich gefangen nicht räumlich
durch seine größe überfordert er deine gedanken hin-
dert sie daran an etwas anderes zu denken als an den
raum

warum und warum so und warum hier

wenn du schon lange keinen blick mehr hast für das
was man sieht sondern nur noch siehst was man nicht
erblicken kann
dann ist dein gewand dreckig geworden zu **dreck** geworden dann gibt der dreck deinem gewand eine neue
form eine neue qualität und eine neue funktion
nur noch eine funktion keine wirkung kein gefallen
keine kriterien nur funktion

der dreck ist eines der wenigen dinge die du mitnehmen kannst an materiellem auf diese tournee
ein teil des drecks fällt ab der andere teil trocknet sich
am gewand fest und haftet bis eine erschütterung zu

groß wird und der dreck abfällt und dir das gehen wieder leichter macht
der dreck ist auch bestätigung für deine anwesenheit
der raum gibt nichts zurück der dreck ist deine quittung dein beleg etwas das du vorweisen kannst

wenn du schon länger unterwegs bist achtest du auf den dreck versuchst ihn bei dir zu behalten drückst ihn fest in den stoff der hose und reibst ihn tief in das hemd
du wischt dir mit der dreckigen hand den frischen schweiß von der stirn und ziehst braune streifen quer über dein gesicht

du zeichnest dich drückst dir selbst wie in einem wan-
derpass einen stempel auf
du bist gezeichnet
der dreckstempel der dich ausweist
der dein weitergehen rechtfertigt

auch wenn in den tipps für diese wanderung die mög-
lichkeit angeführt war dass man sich durchaus auch
mit einem sonnenschirm der hitze erwehren könnte
ein vergehen eine sünde unverzeihbar nicht wieder gut
zu machen
jetzt hast du zeit dir auch darüber gedanken zu ma-
chen auch über sonnenschirme in der wüste

vielleicht schirme die man in den sand stecken kann
um sich im kleinen schatten noch kleiner zu machen
sich darin zu verstecken
sonnenschirme in der wüste geht nicht

während der sand zwischen meinen fingern fließt und ich mich über die feinheit des sandes wundere der nichts mit dem sand eines strandes gemein hat der eher feinem mehl gleichkommt suchen mich die gedanken heim was denn nicht alles passen würde und was nicht gehen kann außer sonnenschirme in der wüste wenn man es ernst mit dem leben und vor allem mit der glaubwürdigkeit meint

ein von mir geschätzter autor fällt mir ein der mit ernsthaftigkeit humor versprüht der mit scharfem blick die unschärfe des lebens nachzeichnet und demaskiert

ich schätze ihn aber ich kann nicht akzeptieren dass er seine texte nicht aus einem buch liest nicht von einem blatt oder einem notizblock sondern von einem tablet sich die nächste seite herbeiwischt und weiterliest wo doch alle auf das umblättern warten auf das geräusch des papiers wenn es sich durch die luft von der einen buchseite auf die andere legt er wischt einfach über das tablet und beleidigt das buch

ich kann das nicht dulden jetzt wo ich hier im sand sitze und mit meinen händen durch das mehl schaufle und mir so die gedanken sortiere und einige gedanken begrabe andere wiederum aus ihrem grab befreie und sie neu oder weiterdenke

ich kann nicht hinnehmen auf einen teil eines paares zu verzichten das nur als paar funktioniert
einen text zu lesen und dabei kein buch oder zumindest papierenes in den händen zu halten ist nicht zu akzeptieren soll er seinen text doch frei vortragen wie ein schauspieler agieren den text einstudieren um ihn dann abzurufen

aber vom tablet mit variabler schriftgröße um diese den lichtbedinungen im raum anzupassen ablesen das geht nicht

die wüste würde ihn verschlucken sollte er es hier versuchen sollte er hier nicht den sand von der buchseite wischen sondern ihn vom tablet blasen
ihn würde das gleiche schicksal ereilen wie den sonnenschirmen

vierzehn menschen bunt wie ein zirkuszelt zusammengewürfelt wie eine schauspieltruppe aus aller herren länder

es sind nur zwei doch auch diese zwei länder teilen sich
in viele regionen und die welt ist groß auch im kleinen

und es sind achtundzwanzig beine die sich von einem
gemeinsamen ort an einen gemeinsamen ort begeben
die sich auf den weg machen um dort anzukommen
wahrscheinlich verändert sicher verändert auf jeden
fall anders im kleinen wie ein erster schritt für das
große
weibliche beine männliche schlanke trainierte alte und
junge behaarte und rasierte schlaffe und sehnige drah-
tige beine die nicht müde werden und beine die immer
müde sind

darauf rümpfe eingehüllt in stoff abgeschirmt vom raum der an die haut will um sie zu schwächen und damit den körper damit er erobert werden kann
die rümpfe die die beine verbinden mit den köpfen in denen sich alles abspielt in denen das programm entstanden ist in denen verändert wird angepasst und adaptiert

die köpfe am anderen ende der beine
weit entfernt von denen die für die bewältigung des weges zuständig sind weit weg von den schmerzen und dem stummen protest weitergehen zu müssen ohne es zu wollen

die köpfe brauchen diese distanz um sich zurecht zu finden in diesem raum
manche sagen wüste dazu obwohl das wort nichts aussagt
was ist wüste
eine einöde etwas wüstes ungestümes
steht wüste nicht für etwas ruhendes das sich so langsam und vorsichtig verändert um es als nichtveränderung wahrzunehmen
ist wüste nicht ein sehnsuchtsort der einen aus der wüsten welt des alltags befreien soll

so denken sie die köpfe

die gedanken in den köpfen der kahlköpfe der sturköpfe der weitblicker der insichschauer der abtaster der sichinderweiteverlierer
die köpfe der nachdenker der vordenker der anandere-denker der ansichdenker der nichtdenker und der würdegernichtdenker
aber auch die köpfe der berechner und kalkulierer der abwäger und schätzer die gedanken abschätzen ob daraus gewinn zu holen wäre
die gedanken versklaven einsperren unter kontrolle halten

nicht in diesem raum

in der wüste sind die nachdenker vorne die abschätzer
bleiben zurück verdursten an ihren vorstellungen weil
sie auf das wasser vergessen haben
weil sie nicht an einfaches denken sondern komplizier-
tes planen um zu verwirren und behauptungen auf-
stellen können die niemand überprüfen kann

da kann man auch die sandkörner zählen
wer zählt blockiert das denken also zählen zählen und
immer weiter zählen
die abschätzer versprechen uns dass wir auf sie zählen
können dass wir sie in unsere berechnungen einfließen
lassen müssen dass wir sie mitzählen müssen wenn

wir das wasser berechnen das wir für die wanderung an den ort an dem wir wieder alle gemeinsam sein werden brauchen

die köpfe oben die beine unten zwei welten in einem raum verbunden durch einen gelenkigen rumpf der die asynchronität von beinen und kopf von gehen und denken von wollen und tun ausgleicht und ein stürzen des körpers verhindert
gewichtsverlagerung vom gehen zum denken
schneller werden für die vornüberdenker
verlangsamen für die sterngucker die ihre köpfe überstrecken und aus dem nacken heraus einen punkt im

himmel fixieren um ihn in der nacht wiederzufinden
trotz der veränderung

die köpfe müssen frei in ihrer bewegung sein bei den beinen ist das nicht so wichtig
die köpfe müssen kippen und sich neigen können die beine müssen nur schritte setzen

in den köpfen der nachdenker werden die tagebücher geschrieben
vierzehn tagebücher vorerst gedachte tagebücher notierte eintragungen in kurzschrift eingemeißelt um später wenn die worte gefunden sind für diese eindrücke

mit farbe geschmack und musik verkleidet zu werden
um aus dem gedachten tagebuch ein geschriebenes
werden zu lassen mit verspätung vollendet auf erste
eindrücke zurückgehend die erkenntnis berücksichtigt
vierzehn tagebücher verschieden gedacht und ge-
schrieben mit einem inhalt

vierzehn sprachen üben sich im schreiben über diesen
einen raum der einzahl heißt aber vielzahl ist
vierzehn nachdenker als wortesucher
und alle gehen nach westen
die sonne vor sich die nacht im rücken auf der verfol-
gung

erst wenn die sonne verschwunden ist gelingt es der
nacht die sonne einzuholen um ihr licht auszublasen
die wärme löschen
die farbe aus den dünen

die tiefe aus dem raum der im dunkel nur eine dunkle
wand ist kein raum mehr sein muss da man sich nicht
bewegt
nur im himmel öffnet der raum eine tür
nein ein fenster ein flügelfenster ein engelflügelfenster
wenn man will
ein flügel erst wenn dieser halb geöffnet ist folgt der
zweite und beide geben so die leinwand frei auf der

sich wie die wanderer in den schatten die sterne auf
ihre plätze setzen und die welt um sich betrachten
die köpfe alle köpfe sehen durch dieses fenster auf eine
bibliothek auf bücher aus lichtpunkten

nur in der nacht kann man sich vorstellen wie die
wüste trinkt
am tag würde jeder tropfen wasser verdunsten ehe
man ihn erblicken könnte
in der nacht kann er fallen und sich zeit lassen da ihn die
sonne nicht fallen sieht und der boden ausgekühlt ist
so zufällig wie sich die einzelnen sterne zuzwinkern
und anstrahlen so zufällig wie sich artisten und clowns

zauberer und dompteure jongleure und akrobaten
über den weg laufen um ein gemeinsames programm
zu erstellen so zufällig fallen die tropfen auf die wüste

nur in der nacht kann man sich vorstellen wie jeder
tropfen seinen boden findet
aber niemand kann vorhersagen wo die tropfen den
kontakt mit der wüste finden werden
von der stille verwöhnt explodieren die tropfen er-
schreckend laut aber samtweich auf dem sand
sie opfern ihre tropfenform um sich so groß und breit
wie möglich auszubreiten und für wenige augenblicke
den hellbraunen boden dunkel zu färben

nur in der nacht sieht man diesen farbwechsel nur mit
geschlossenen augen sieht man die tropfen fallen
als gelte es etwas zu verteidigen greifen die tropfen
nach dem sand krallen sich in ihm fest und lassen sich
von ihm aufsaugen

bei tag ist diese veränderung verschwunden wie alles
wasser das nicht gefangen ist in den gefäßen
ein weiteres mal geht man auf die suche nach den
übergängen versucht jene augenblicke zu erhaschen
wenn sich etwas verändert
jene orte an denen sich diese veränderungen festma-
chen lassen

der wechsel vom sand nur sand in sand mit vereinzelten sträuchern grasbüscheln vertrockneten ästen fein und aus einem anderen raum in diesen hereingeweht
die dünen werden flacher ufern aus verlieren am gepressten boden halt und bleiben dann unter sich unterlassen den schritt hinaus in die ebene die plan vor dir liegt und noch endloser scheint da die veränderung fehlt

eine durststrecke ein stück das eine forderung stellt das dich vorbereitet für eine veränderung die kommen muss weil diese ebene nicht das ziel sein kann für keinen dieser gruppe von zauberern und magiern und jongleuren

diese veränderung auf die man wartet die damit begann den dreck lieben zu lernen ihn als gewinn zu betrachten
wir brachten die farbe in das braun der wüste und tanzten wie bunte lichtpunkte auf der wüstenleinwand jetzt erkämpft sich die wüste an ihren rändern die farben zurück die vegetation jene formen die wieder markante zeichen in den himmel setzen die aufrecht stehen und die flachliegenden dünen überblicken

mit der vegetation kommen die farben zurück die wüste wird bunt und wir wanderer versinken im dreckigen braun

eine veränderung die ein wechsel ist ein wechsel des
sehens
wie kopfstehen wie im spiegel aus rechts links machen
wie den fotografen auf die schokoladeseite hinweisen
und dann doch für missverständnisse sorgen

und doch eine veränderung
es gilt die eigenen farben wieder freizulegen
sie sind frischer und kräftiger als in der erinnerung
nicht nur die erinnerung verblasst auch die inhalte der
erinnerung verlieren mit jedem gedanken an intensität
und damit an gewicht

wir sind durch tage in ein chaos geschlittert in ein labyrinth ohne ausgang ein labyrinth das solange bewandert werden muss bis es sich von selbst wieder auflöst
es ist die zeit die das chaos auflöst mit jedem schritt wieder dinge an ihre plätze bringt und dafür sorgt das die individuen auch in der gemeinschaft blühen und dass die gemeinschaft etwas individuelles sein kann
das chaos schlichtet
neue ordnungen ohne zwang
das gemeinsame blickt über die düne und wird von uns als freund erkannt der wasser bringt
wir lernen die freude lächelnd zu teilen

wir lernen schmerzen zu erahnen
wir lernen dem anderen beim träumen in den traum zu blicken
wir lernen die sprachlose bestätigung und wenden sie an wenn wir fast platzen und die worte den mund sprengen wollen
wenn wir uns gegenüber sitzen und in der sprachlosigkeit das wörterbuch der eindrücke erkennen

und es gibt kein bisschen
es gibt nur alles oder nichts
nur schweigen oder mit den worten explodieren
und das schweigen fällt leicht in der gemeinschaft

die zeit der mitteilung ist vorbei die neue ebene des austausches ist geschafft und macht sich breit zwischen den angedeuteten versuchen worte zu finden die ein bisschen sind
es bleibt schweigen

der sand ist bett und sessel
ist boden und horizont zugleich
der **sand** dringt ein und versperrt nach außen
er nimmt sich alles und verflüchtigt sich bevor man ihn fesseln kann
er läuft vor mir davon umkreist mich und reibt sich mir in die augen um den blick zu trüben

der sand ist mittel er lässt uns einsinken und gibt doch
halt
er lässt nach wo es sein darf und bleibt starr wo es sein
muss er weicht wo platz genug dazu ist und türmt sich
auf wo sich der raum verengt
der sand ist fein im einzelnen und eine nicht zu stem-
mende last wenn er sich verbündet hat zu den großen
dünen die zu behäbig sind um platz zu machen
der sand ist überall und doch wird er seine begleitung
beenden und zurückbleiben
der sand kennt seinen platz auch wenn dieser sich
ständig verändert

wenn der körper aus müdigkeit seinen widerstand auf-
gibt stärkt sich die sensibilität
der körper lehnt sich zurück oder lässt sich fallen er
macht es sich bequem und stellt sich auf eine zeit ein
in der er nicht gebraucht und gefordert wird
er zieht sich zusammen und zurück aus rücksicht aus
neugier was die sinne an seiner stelle an erfahrungen
sammeln können

was kann seine erschöpfung und ermattung über-
trumpfen was kann stärker sein als seine aufgabe
die sinne werden gestärkt sie nehmen die energie aus
dem bewegungslosen körper der im standbymodus

tagträume durchläuft und sich in einer endloschleife
von erinnerungen verfängt
die sinne stärken sich und fächern auf sie schwärmen
aus sie lassen ihre tentakel in den raum und durchzucken ihn bis sie einen rhythmus gefunden haben der
sich wie eine lesbare schrift anfühlt

die **sinne** eignen sich die kraft des körpers an und
verändern sich
die gerüche der geschmack das sehen das hören das
spüren auf und durch die haut
das genießen das sich einlassen auf die eindrücke
rundum wird zur pflicht wird zur aufgabe die man

lösen muss deren lösung man dem körper schuldig ist
der sich zurückzieht dafür
eine pflicht die aus einer wiederholung besteht aus ersten eindrücken die nun zwar neu aber doch bekannt sind

das neue ein wenig abgeblättert und dadurch erfassbarer und durchschaubarer
die erfüllung der pflicht erlaubt eine andere form des genießens eine entspanntere eine vertrautere eine vom druck befreite form des genießens
die erfüllung der pflicht ist selbst ein genuss geworden
der zugleich der pflicht ihre berechtigung nimmt

es steht nur noch kür auf dem ausgeschilderten wanderweg die pflicht ist abgestreift

und alles wird übertönt von der stille
diese stille unheimlich und fremd und ohrenbetäubend und aufdringlich und unwiderstehlich und eine sucht
sie schreit ihr schweigen hinaus von wo es zurückkommt unhörbar und tobend zugleich
eine stille fratze
ein entstelltes lachen
ein welle die nicht bricht die nur droht
kein laut kann gegen diese stille ankämpfen

die stille hebt die hand und bringt alles zum verstum-
men
auch wir senken unsere stimmen ohne grund aber er-
zwungen und dann doch gewollt weil es uns gefällt
wenn sich unsere stimmen der stille immer mehr an-
nähern es ihr gleich machen wollen bis sich die stillen
nicht mehr unterscheiden lassen und nebeneinander
dahinstummen
laut werden durch schweigen
stimmlos geschichten erzählen

die stille kommt unangemeldet sie nistet sich ein sie
zwängt sich zwischen die münder der wanderer und

artisten und verschließt mit ihren lippen die unseren
die stille dringt durch die haut und löst sich in unserem
blut auf reist ins gehirn und lähmt die sprache
die stille deckt uns mit ruhe zu und legt uns wortlos
ein kissen unter den kopf
im camp hat die stille die herrschaft übernommen

aller lärm ist ausgeschlossen
keine einreise möglich keine raumeinreise erlaubt
nur das rauschen des blutes im kopf und auch das ver-
stummt mit der zeit
es bleiben nur noch die gedanken die sich manchmal
über sich selbst unterhalten und sich austauschen und

erfreut feststellen dass sie den lärm besiegt haben oder dass sie jetzt an einem ort sind wo der lärm keinen zutritt mehr hat
und später wird selbst der gedanke an den lärm störend laut
erst wenn man nicht mehr an den lärm denkt ist er auch stumm gemacht

der boden muss aufbrechen damit er sich wieder schließen kann
das wasser vor drei monaten hat die poren verschlossen ertränkt und die große höhle unter dem grund geflutet und gefüllt und fast zum bersten gebracht

das wasser floss ab als es nicht mehr einsickern konnte
es floss weiter und zog eine spur des glättens durch das sonst ausgetrocknete flussbett
das wasser schob über den boden und schob alles vor sich her das sich nicht auflösen wollte oder das rettende ufer zu langsam erreichte
erst am ortseingang ließ das wasser sein mitgeführtes gepäck zu boden sinken

an der stelle an der wir mit unseren zirkuswägen über das nun wieder wasserlose flussbett zum gegenüberliegenden ufer ziehen hat sich die oberste schicht des wüstenbodens erbrochen

mit dem abfließen des wasser und dem versickern
haben sich die sandkörner wieder zusammengezogen
haben all das wasser aufgebraucht haben es aufgesaugt
und reißen nun auf an den stellen an denen sie den
kontakt nicht mehr halten können
wie haut nach einem sonnenbrand schuppt sich diese
obere schicht wölbt sich dass man sie abheben könnte
wie ein lose liegendes blatt papier
zerbricht allein durch den starren blick oder der an-
drohung einen fuss auf diese offenen wunden zu legen
wie brot dessen rinde sich vom weichen inneren löst
wenn es ein paar tage alt ist

der boden muss aufbrechen um sich wieder schließen
zu können
erst wenn er wieder eine geschlossene oberfläche hat
kann er die geschichten aufnehmen und reflektieren
die auf ihm geschrieben werden
wir müssen aufbrechen um anzukommen
wer hinter etwas kommen will darf nicht davor stehen
bleiben

wir überqueren das flussbett und zertreten die sich
aufwölbende schicht zu feinem sand der die wunden
rasch verschließt

nach dem aufbruch in dem ort der der letzte war vor diesen tagen als sich die gruppe noch als gruppe sah und nicht als viele einzelne die eine gruppe sein wollten gingen wir uns selbst hinterher
jeder sah sich vor sich jeder konnte sich beobachten wie er sein tempo suchte wie er seinen gang fand und wie er dann in eine gehende routine verfiel
jeder sah sich selbst und ging hinter sich her
mit jeder stunde und mit jedem kilometer rückten wir uns näher verringerten wir den abstand konnten bald das leise rascheln des hemdes hören
konnten sehen wie sich die gurte des rucksackes immer tiefer in die schultern einschnitten

alles was man sah geschah vor einem aber man spürte
es an sich selbst

ich sah meinen rucksack vor mir hin und her wippen
ich sah die träger ich sah meine hände und wie sich die
finger zwischen schlüsselbein und gurt schoben um
diesen ein wenig anzuheben
ich spürte es aber es tat der mann vor mir
und wieder hob er die gurte hoch die dann umso tiefer
durch den stoff auf die haut drückten sie durchtrenn-
ten und durchs fleisch drangen
die gurte gruben sich immer tiefer ein bis ich sie nicht
mehr spürte nur noch taubheit

erst am zweiten tag gelingt es mir mich einzuholen komme auf gleiche höhe gehe neben mir her passe meinen schritt meinem schritt an und gehe so eine zeitlang mit mir verbunden durch die wüste

diese harmonie
erst erreicht
mit jedem schritt der mich nach vorne bringt aus meiner umklammerung spüre ich die leichtigkeit die das vorangehen mir schenkt
etwas zurücklassen
mich zurücklassen bringt mich nach vorne bringt mich wieder dem ziel näher

es sind die letzten proben wenn der fluss überquert ist
muss alles bereit sein für die abschließende aufführung
kleinigkeiten können noch korrigiert werden am aus-
druck muss noch gefeilt werden aber die technik muss
sitzen

eines ist klar sie alle wir alle suchen es
auch wenn der eine oder die andere es nicht zugeben
will oder aus welchem grund auch immer nicht zuge-
ben kann
sie haben keinen namen dafür können das was sie su-
chen nicht benennen sie können es nicht rufen um
sich an der antwort zu orientieren

sie können es nicht hinausschreien können nicht rufen
wo bist du denn zeig dich
sie wie ich können **es** nicht wie eine überschrift an den beginn unserer wanderung setzen um das wort in dem all das suchen enthalten ist ständig vor augen zu haben
so wissen wir auch nicht wie es aussieht das was wir suchen wir wissen nicht einmal ob es nach etwas aussieht ob es überhaupt eine form hat ein gesicht einen körper irgendetwas an dem man irgendetwas festmachen könnte
wir wissen nichts außer dass wir danach suchen
es suchen

etwas vergangenes wird hier verschüttet wird vergra-
ben in der wüste
als vergangen erkannt und abgelegt wie unnützen bal-
last der dich behindert und langsam macht in allem
was du tust
ich bin mich nicht vergangen nur gegangen um das
vergangene zu erkennen
erst wenn du es erkennst kannst du entscheiden wel-
che rolle es künftig spielen soll welches kunststück du
noch zu erwarten hast oder auch keines mehr

erkannt und vergraben hier unter einer dieser dünen
die sich alle gleichen und doch jede ihr gesicht hat

vergraben damit es irgendwann genau hier oder an
einer anderen stelle wieder auftauchen kann
das vergangene sich erhebt den sand abschüttelt wie
wir müden wanderer es tun nach einer rast wenn der
sand uns teilweise zugedeckt hat
das vergangene ist dann zu etwas neuem geworden
weil ich es durch mein vergraben aus seiner zeit gewor-
fen habe
habe es im heißen sand kalt gestellt das vergangene
habe die zeit an ihm vorüberziehen lassen habe das
vergangene aus dem blickfeld der gegenwart genom-
men und für irgendwann später konserviert

ich habe das vergangene aus seiner zeit geworfen

auch ich habe meine zeit am beginn der wanderung
zurück gelassen
habe meine zeit als vergangene erkannt und sie zwi-
schen den kamelen die auf weitere wanderer warteten
deponiert vielleicht will jemand anderer meine zeit an-
nehmen und sie zu seiner machen
ich beginne jetzt in einer neuen zeit zu rechnen

am ende der wanderung wenn die vorstellung zu ende
sein wird und sich die artisten und clowns dieser tour
wieder auf den weg zu ihren angestammten häusern

und zirkuszelten machen werde ich mich fragen wann
ich diesen zeitsprung vollzogen haben
wann genau bin ich abgesprungen und wo
wo bin ich gelandet und wann
sah ich in den himmel und las im buch der sterne oder
versank ich im turban der mich vor der sonne schützte
und meine müdigkeit verbarg

lag ich im schatten des kamels oder spürte ich wie der
sand durch die offenen sandalen über meine zehen
und füße rieselte
aß ich eine mit zimt bestreute orangenscheibe trank
ich einen tee oder legte ich ein in wasser getränktes

tuch in meinen nacken und bildete mir ein dass es kühlen würde

lachte ich oder brachte ich die anderen zum lachen
hörte ich zu oder schwiegen wir alle weil schweigen gerade hier den schönsten klang hat
saß ich auf der düne und blickte in die sonne die den ganzen tag kaum merkbar ihren standort veränderte obwohl wir es waren
kaum merkbar so viele stunden lang um dann am abend fast hastig hinter den horizont zu sinken
gerade wollen meine gedanken noch nach den strahlen greifen sind sie schon von der dämmerung geschluckt

und die schatten der dünen breiten sich aus verändern
einmal mehr die farben

schrieb ich gerade ein paar notizen in das kleine buch
zwischen dessen seiten sich sand gerieben hat
schrieb ich was ich später dann genauer schreiben
werde und schrieb ich was ich sah oder was ich dachte
es war ja vieles was es zu notieren gab eine neue zeit
muss erst benannt werden um sie ansprechen zu kön-
nen ihr etwas vertrautes zu schenken
der zeitsprung wann bin ich ihn gesprungen wann ent-
stand dieses neue

du weißt nicht wie du es finden sollst wann und wo du
es finden wirst oder ob überhaupt
du spürst vielleicht wo du es suchen sollst
vielleicht

aber du weißt wenn du es gefunden hast
du weißt nicht was sich verändert hat aber du weißt
dass sich etwas verändert hat
du weißt dass etwas dich verändert hat aber du weißt
nicht was genau dich verändert und damit alles geän-
dert hat
und wenn dich jemand fragt was es denn nun ist
dann lächle

gernot ragger

1959 in wolfsberg geboren
lebt als freier schriftsteller und verleger in wolfsberg
1989 teilnahme am ingeborg bachmann wettbewerb
1998 literaturförderungspreis des landes kärnten

veröffentlichungen (auswahl)

ferdi | scalpay | der tote vogel | abschiede | 365
der wahnsinnliche | bautta | bananenrot und erdbeergrün
alphabet der konsequenz | au revoir

marokko oktober 2017